Ritter Alois von Haymerle

Biographie des K.K. Feldmarschall Josef Graf Radetzky von Hradetz

Ritter Alois von Haymerle

Biographie des K.K. Feldmarschall Josef Graf Radetzky von Hradetz

ISBN/EAN: 9783743677197

Hergestellt in Europa, USA, Kanada, Australien, Japan

Cover: Foto ©Raphael Reischuk / pixelio.de

Weitere Bücher finden Sie auf **www.hansebooks.com**

Biographie

des k. k. Feldmarschall

Josef Graf Radetzky

von Hradetz.

———

Geschrieben zur Erinnerung an den großen Feldherrn der
kaiserlich-königlichen Armee

von

Alois Ritter von Haymerle

k. k. Generalmajor.

Alfred Hölder,

k. k. Hof- und Universitäts-Buchhändler

Wien, I. Rothenthurmstraße 15.

1886.

Dieser Aufsatz, ursprünglich verfaßt für den zum Druck vor=
bereiteten neuen Band des vom k. k. Generalmajor Freiherr zu
Teuffenbach herausgegebenen »Vaterländisches Ehrenbuch«, wird
dem Erscheinen des Werkes als Separat=Abdruck vorangeschickt. Herr
Generalmajor Freiherr zu Teuffenbach hat außerdem noch die
besondere Güte gehabt, sechs höchst werthvolle Briefe aus den hinter=
lassenen Papieren des großen Feldmarschalls nebst dessen Testament
und zugehörigem Nachtrag zur Verfügung zu stellen — Documente,
welche unseres Wissens in der Oeffentlichkeit nicht bekannt sind, und
ihre erste Publication gleichfalls in der obenerwähnten Neu=Auflage
des »Vaterländischen Ehrenbuches« erfahren sollten. Selbe werden
der Biographie als Anhang beigegeben.

Der gesammte Reinertrag wird dem Fonde für das in Wien
zu errichtende Radetzky=Denkmal zugewendet werden.

Druck von Friedrich Jasper in Wien.

Josef Graf Radetzky von Radetz

k. k. Feldmarschall.

Am 2. November 1766 ward der gräflichen Familie Radetzky auf ihrem Besitze, Schloß Trzebenitz in Böhmen, ein Sohn geboren. Das Schicksal hat diesen Knaben — den nachherigen Feldmarschall — mit den außerordent= lichsten Gaben des Geistes und des Herzens ausgestattet. Es hat ihm die weitere Gunst überreicher Gelegenheit ver= liehen, jene Gaben zu entwickeln und geltend zu machen, indem es ihn in der Zeit weltbewegender Ereignisse zu einer Bahn führte, auf welcher er unsterblichen Ruhm erringen konnte — und errungen hat.

Seine erste Erziehung bekam er im Theresianum zu Brünn. Sehr bald schon zeigte sich in dem frühreifen Knaben die Vorliebe für den Stand, dem er angehören sollte. Unter allen Disciplinen sprach ihn am meisten die Geschichte an, und aus dieser waren es wieder die großen Helden des Alterthum's und der Neuzeit, welche sein In= teresse vollends in Anspruch nahmen. Den Spuren ihrer großen Thaten nachgehen, sich in ihre Lebensbeschreibungen vertiefen und in die Bewunderung ihrer Größe sich ver= senken — darin bestand seine Erholung. Mit den Feld= zügen Alexander's, Hannibal's und Cäsar's, mit Monte= cuccoli, Turenne, Prinz Eugen, Laudon, Friedrich II.

1*

war er so bekannt, daß man ohne Uebertreibung sagen kann, er habe, als er mit 18 Jahren in die Armee eintrat, Napoleon's Gedanken anticipirt, man müsse, um Feldherr zu werden, die Feldzüge der berühmtesten Feldherren studiren.

Am 17. August 1784 trat er, nahezu 18 Jahre alt, als Cadet in das 2. Kürassier-Regiment (Caramelli) ein, ward 1786 zum Unterlieutenant und 1787 zum Oberlieutenant befördert; machte, meist in der Eigenschaft eines Ordonnanz-Officiers beim Feldmarschall Graf Lacy, die Feldzüge gegen die Türken bis zum Frieden von Sistowo (1791) mit, wohnte den Belagerungen von Belgrad und Berbir bei, focht mit seinem Regimente auf dem Rückzuge von Illowo nach Karansebes, und zeichnete sich rühmlichst aus durch erfolgreiche persönliche Tapferkeit gegen die überlegenen Angriffe der türkischen Reiterei.

Der Beginn der französischen Revolutionskriege führte ihn in die Niederlande an die Seite des Feldzeugmeister Baron Beaulieu. Am 25. Juni 1794, dem Tage vor der Schlacht von Fleurus, als es sich darum handelte zu erfahren, ob Charleroi vom Feinde schon besetzt sei, erbot er sich freiwillig zu dieser Recognoscirung, durchschwamm in Begleitung von nur sechs Cavalleristen die Sambre und brachte die verlangte Auskunft. In der Tags darauf folgenden Schlacht erhielt er zwei Kopfwunden; er ward zum zweiten Rittmeister befördert.

Im Feldzuge 1795 wurde er beim Sturme auf die Mainzer Schanzen von Seite des Generalstabes zur Führung einer Colonne befehligt, wobei er einen Prellschuß davontrug.

Bei Ausbruch des Feldzuges 1796 berief ihn der Armeecommandant in Italien, Feldzeugmeister Baron Beaulieu, als Adjutant neuerdings an seine Seite. Bei Valeggio, am 30. Mai, fand Radetzky Gelegenheit, seinen dort erkrankten und bettlägerigen Chef durch standhafte Vertheidigung der Brücke gegen zehnfache feindliche Uebermacht zu retten. Er selbst entkam der Gefangenschaft nur dadurch, daß er sich mit dem Pferde in den Fluß warf, und durch das Wunder, daß von Hunderten ihm nachgesendeter Schüsse kein einziger traf.

Mittlerweile war Radetzky zum Major im Pionnier= Corps befördert und mit der Aufstellung eines Pionnier= Bataillons beauftragt worden. Neben diesen organisato= rischen Arbeiten leitete er ad interim die operativen und die Detailgeschäfte der Armee.

Als Wurmser im October gezwungen war, sich in Mantua einzuschließen, erhielt Radetzky den Auftrag, durch sein Pionnier=Bataillon einige Verschanzungen bei S. Giorgio aufwerfen zu lassen. An der Stelle angekommen, fand er diesen wichtigen Punct von Infanterie ganz entblößt und andererseits die Cavallerie so fehlerhaft gelagert, daß sie der Beschießung ausgesetzt war. Er ließ die Vorstadt S. Giorgio sofort durch seine Pionniere besetzen, und war kaum damit zu Ende, als schon der feindliche Angriff mit Be= schießung der eben im Abkochen befindlichen Cavallerie begann. Nur dem umsichtigen und muthvollen Auftreten Radetzky's, welcher den Angriff auf sich zog, war zu danken, daß die Cavallerie ohne zu große Verluste in die Festung gezogen werden konnte.

Nicht minder thätig war er im weiteren Verlaufe der Einschließung, indem er wesentlich zu einer activen Vertheidigung sowie zur Organisirung der Ausfälle beitrug, und bei jedem größeren derselben eine Colonne führte.

Der traurige Ausgang des Feldzuges ist bekannt. In der kleinen Heeres=Abtheilung, welcher capitulations= gemäß gestattet wurde, aus Mantua mit kriegerischen Ehren abzuziehen, war Radetzky's auf 300 Mann redu= cirtes Pionnier=Bataillon einbegriffen.

Während des im Jahre 1797 erfolgenden Rückzuges war Radetzky bei der Nachhut eingetheilt, und wurde später bei der Befestigung von Grabisca und am Isonzo ver= wendet.

Im Feldzuge 1799 in Italien ward er bei Tomba verwundet, und am 1. Mai zum Oberstlieutenant und General=Adjutanten des Generals der Cavallerie Baron Melas ernannt. In der Schlacht an der Trebbia führte er eine Colonne verdeckt in den Rücken des Feindes, welche Bewegung wesentlich zur glücklichen Entscheidung der Schlacht beitrug. Er verlor hiebei ein Pferd unter dem Leibe, und ward bei der Verfolgung des Feindes verwundet.

In der amtlichen Relation über die Schlacht heißt es: »Radetzky hat unausgesetzt Beweise seiner »Bravour und militärischen Talente gegeben »und auf dem Schlachtfelde durch Geistesgegen= »wart, Eifer und rasches Eingreifen die wesent= »lichsten Dienste geleistet. Ich kann den Eifer, »womit er die vorrückenden Truppen, stets an

ihrer Spitze, auf die gefährlichsten Puncte
brachte, nicht genug rühmen, und ich muß ihm
das Zeugniß geben, daß er durch seine be=
kannte, ihm ganz eigene Thätigkeit zu dem
erfochtenen Siege wesentlich beigetragen hat.«

Während der Schlacht bei Novi bestimmte sein ein=
dringlicher und überzeugender Rath den Commandirenden
General, von dem beabsichtigten Hauptangriffe auf das
feindliche Centrum abzusehen, dagegen die feindliche rechte
Flanke zu umgehen. Radetzky führte die hiezu beorderten
Brigaden; der glänzendste Erfolg krönte die ebenso kühn
gedachte als glücklich ausgeführte Bewegung — die Schlacht
war gewonnen.

Der officielle Bericht über die Schlacht sagt:

»Ich finde nicht Ausdrücke und Worte
»genug, um das Verdienst, die unerschütterliche
»Tapferkeit und den bis zur Begeisterung ge=
»steigerten Muth der Armee zu schildern. Auch
»kann ich mir nicht versagen, den verdienst=
»vollen Oberstlieutenant Graf Radetzky Seiner
»Majestät zur Belohnung umsomehr zu em=
»pfehlen, da ich in so vielen Gelegenheiten
»seine ganz besondere Entschlossenheit, Bra=
»vour und rastlose Thätigkeit zu bewundern
»Gelegenheit fand, und er auch an diesem Tage
»die Angriffs=Colonnen meist selbst geordnet
»und bei mehreren Angriffen den thätigsten
»Antheil nahm, folglich gewiß wesentlich zum
»Siege beigetragen hat.«

Das im Jahre 1801 zusammenberufene Ordens-Capitel erkannte Radetzky einstimmig das Ritter-kreuz des Maria Theresien-Ordens zu.

Nach den Gefechten von Savigliano und Genola, wo sich Radetzky neuerdings auszeichnete, ward er, im 33. Lebensjahre, zum Oberst, in seiner Anstellung, beför-dert. Immer in erster Reihe und dort, wo die Gefahr am größten, wurden ihm bei Marengo zwei Pferde unter dem Leibe erschossen und hatten fünf Kugeln seine Uniform durchlöchert.

Die Differenzen, in welche Radetzky's kriegsverständige Ansichten mit jenen des Generalquartiermeisters Zach ge-riethen, machten ihm den Rücktritt aus seiner Stellung als Generaladjutant mehr als wünschenswerth. Erzherzog Carl übertrug ihm das Commando des damals in Steyr stehenden 3. Küraffier-Regimentes.

In der Schlacht bei Hohenlinden machte er mit seinem Regimente mehrere blutige Attaquen; bei einer der-selben gerieth er so in Hitze, daß er einem feindlichen Officier die abgeschossene Pistole mit solcher Kraft an den Kopf warf, daß dieser bewußtlos vom Pferde stürzte. Er selbst erhielt einen Streifschuß und verlor ein Pferd unter dem Leibe.

Die folgende Friedenszeit benützte Radetzky zur Aus-bildung seines Regimentes, welches unter seiner Führung durch musterhafte Ordnung und Schlagfertigkeit sich so hervorthat, daß Erzherzog Carl es allen Cavallerie-Regi-mentern zum Vorbilde empfahl. Lebhaft beschäftigte er sich auch mit der scientifischen Ausbildung seines Officierscorps und gab durch Organisirung des Officiers-Lesecabinetes den Anstoß zur späteren Gründung der Regiments-Bibliotheken.

1805 zum Generalmajor und Truppen-Brigadier in Italien ernannt, bildete seine Brigade die Vorhut der Colonne Davidovich. Damals war es, wo er, auf Vor= posten befindlich, mit einer Husaren-Abtheilung durch die Etsch schwamm, den Feind überfiel und mit 50 Gefan= genen zurückkehrte. Auf dem Rückzuge, welcher trotz des durch Erzherzog Carl erfochtenen Sieges bei Caldiero durch die Ereignisse an der Donau nothwendig geworden war, erbot sich Radetzky freiwillig zu einer Recognoscirung gegen Graz, um über den Anmarsch Marmont's Gewißheit zu bringen. Bei dieser Gelegenheit hinterlegte er mit einem Uhlanen = Regimente innerhalb fünf Tagen 36 deutsche Meilen, meist im Gebirge.

Im Feldzuge 1809 erhielt Radetzky eine leichte Bri= gade. Mit dieser ward er beim Rückmarsche der Hiller'= schen Armee-Abtheilung als Nachhut verwendet, lieferte zwischen dem 20. und 24. April mehrere glückliche Gefechte, die das Nachdrängen des Feindes entschieden aufhielten, deckte sodann die Innstrecke von Schärding bis Burg= hausen, und sicherte am 28. im Vereine mit der Brigade Hohenfeld den Rückzug des Hiller'schen Armeecorps hinter die Traun. Dort erhielt er den bestimmten Befehl, mit seiner Brigade selbst sogleich hinter die Traun zu gehen, da er in Gefahr sei, durch Massena abgeschnitten zu werden. Radetzky aber wußte, daß die Division Schustek noch vorne sei und verloren wäre, wenn nicht mittler= weile zwischen Wels und Lambach festgehalten würde. Er blieb daher, in Auffassung der wahren Sachlage, auf eigene Verantwortung in seiner Aufstellung bei Lambach, und lieferte ein blutiges Rückzugsgefecht durch die offene Welser Haide, wodurch die Division Schustek Zeit gewann, von Gaisenhaim über Maria-Scharten und Wilhering Linz zu erreichen.

Für diese »aus eigener Initiative unternom-»mene und glücklich durchgeführte Rettung einer »Armee-Division gegen zehnfache feindliche Ueber-»macht« wurde ihm durch das im April 1810 ver-sammelte Ordenscapitel einstimmig das Comman-deurkreuz des Maria Theresien-Ordens zuerkannt.

Endlich focht er noch im Nachhut-Verhältnisse bei Neumarkt und sicherte durch 48 Stunden die Donaubrücke bei Mautern, bis die kaiserliche Armee übergegangen war.

Am 27. Mai wurde Radetzky zum Feldmarschall-Lientenant ernannt und als Divisionär beim 4. Corps (Rosenberg) eingetheilt. In der Schlacht bei Wagram, wo bekanntlich das Corps Rosenberg den linken Flügel der österreichischen Linie bildete, commandirte Radetzky bei der Vorrückung die Vorhut der linken Flügelcolonne, wie er denn auch, beim Zurückgehen an den Rußbach, die Nachhut befehligte, bei welcher Gelegenheit ihm ein Pferd unter dem Leibe erschossen wurde. In dem officiellen Schlacht-berichte wird von Radetzky gesagt, »er habe die »rühmlichsten Beweise von Eifer und militärischer »Befähigung gegeben.« Noch auf dem Schlachtfelde wurde er vom Generalissimus zum zweiten Inhaber des 4. Kürassier-Regimentes, von Kaiser Franz aber schon im September zum ersten Inhaber des 5. Husaren-Regimentes ernannt, welches den Namen des Helden, nach dem Willen unseres jetzt regierenden Kaisers, auf immerwährende Zeiten führen wird.

Nach der Schlacht bei Wagram wurde Radetzky zur Deckung des Rückzuges der Armee bestimmt; man wußte wohl, welchem Manne diese schwierige Aufgabe zu übertragen war. Nicht nur, daß er durch seinen zähen, tapferen, stets im offensiven Sinne geleisteten Widerstand es ermöglichte, die große Artillerie-Reserve und den Armee-Train durch das Defilé von Gaunersdorf zu bringen, täuschte er auch den Feind, welcher aus dieser unmittelbar hier sich entwickelnden Thätigkeit schließen mußte, das Gros der gegnerischen Armee vor sich zu haben, und demgemäß Anordnungen traf, welche die Verfolgung verlangsamten und der Armee des Erzherzogs den Rückzug wesentlich erleichterten.

In eben so geschickter als glücklicher Weise deckte er den Flankenmarsch des 4. Corps von Laa nach Mäuschau, und ermöglichte bei dieser Gelegenheit durch einen persönlich geführten Cavallerie-Angriff der schon verloren gegebenen Reiter-Abtheilung Frehlich den Rückzug hinter die Thaya.

Als nach dem Waffenstillstande von Znaim Erzherzog Carl den Oberbefehl niedergelegt hatte, wählte der zum Armee-Commandanten ernannte Feldmarschall Fürst Johann Liechtenstein Radetzky zum Chef der Operationskanzlei. In dieser Eigenschaft trug er durch seine aufrichtige und rückhaltlose Darlegung der militärischen und politischen Verhältnisse des Staates mächtig bei, den Kaiser zum Abschlusse des definitiven Friedens zu bestimmen.

Die hiernach folgenden Anträge Radetzky's zur Reor=
ganisirung des Heeres fanden in dem Finanzminister Graf
Wallis einen, leider! entscheidenden Gegner. Ueberhaupt
mit der Eintheilung in den Generalstab betrat Radetzky
einen wahrhaft dornenvollen Weg. Entgegen dem Sinne
und Wortlaute des allerhöchsten Handschreibens wurde der
Einfluß des Generalstabes auf die obersten Armee=Ange=
legenheiten ganz beseitigt, und dies zu einer Zeit, wo
Alles darauf hindeutete, daß noch weit ernstere Ereignisse
bevorstanden. Metternich pflichtete der staatsmännischen und
militärischen Voraussicht Radetzky's bei, ohne daß es diesen
Männern gelungen wäre — Metternich stand allerdings
noch nicht auf der Höhe seines späteren Einflusses — jene
vorbereitenden Maßregeln für die Kriegsbereitschaft der
Armee durchzusetzen, wie die damalige Lage Europa's es
verlangte. Die Schwierigkeiten, welche die Aufstellung des
Auxiliar=Corps im Jahre 1812 und die Mobilisirung der
Armee im Jahre 1813 fanden, rechtfertigten nur zu sehr
die Anschauungen Radetzky's.

Unter diesen Umständen erbat und erhielt er, im
Beginne des Jahres 1813, eine Truppen=Division bei dem
in Böhmen aufgestellten Observationscorps, ward aber
bald darauf vom Feldmarschall Fürst Schwarzenberg, als
dieser von seiner Friedens=Mission nach Paris unverrichteter
Sache zurückkehrte, zum Chef des Generalstabes der unter
seinem Commando in Böhmen aufzustellenden Armee er=
nannt. Als solcher war er unermüdlich in seinem mili=
tärischen Wirkungskreise, dabei aber auch diplomatisch
thätig, die Ereignisse hinzuhalten, bis die Armee kampf=
bereit war.

Die Schwierigkeiten, welche Radetzky, wie vorerzählt, im Rathe der Armee-Verwaltung zu bekämpfen hatte, waren geringe im Vergleiche mit jenen, welche sich unmittelbar vor Ausbruch des Krieges 1813 und im Verlaufe desselben ergaben. Es bildete sich ein mächtiger Gegensatz aus zwischen der Ansicht Schwarzenberg's und Radetzky's, welche den Augenblick zu einem entschiedenen politischen und militärischen Handeln gekommen wußten, und zwischen der Partei am Hofe, welcher Napoleon noch immer furchtbar und ein Krieg mit Frankreich als das Schrecklichste erschien. Und als schließlich diese Bedenken beseitigt waren, stellten sich alle jene Mißhelligkeiten ein, welche bei Cooperationen alliirter Heere entstehen müssen, wenn dieselben unter einem nominellen Oberbefehlshaber, wie de facto Schwarzenberg nur war, stehen und nicht unter dem eisernen Regime eines unverantwortlichen, an keine persönlichen Rücksichten gebundenen Feldherrn, wie Napoleon. Nur dem aufopfernden Pflichtgefühle Schwarzenberg's und dem auskunftreichen Geiste seines Generalstabschefs war es möglich, dem großen Ziele, das sie sich vorgesetzt hatten, unentwegt zuzusteuern und dasselbe rühmlich zu erreichen. Oesterreichs Heer hatte in den ewig denkwürdigen Befreiungskriegen von 1813 und 1814 die erste Rolle an sich genommen, und mit diesem seinem Triumphe sind die Namen Schwarzenberg und Radetzky unauflöslich verbunden. Denn sie waren es, welche den Uebergang über den Rhein durchsetzten, entgegen der im Rathe der Alliirten und auch bei der Wiener Hofpartei herrschenden Ansicht, welche mit der Vertreibung Napoleon's hinter den Rhein den Feldzug abgeschlossen wissen wollten — und sie waren es, welche

nach der Schlacht von Arcis-sur-Aube sich durch den
Marsch Napoleon's an die Marne nicht einschüchtern ließen,
sondern auf den sofortigen Marsch gegen Paris drangen.

Ueber die Schlacht von Culm sagt der officielle Bericht
von Radetzky:

»Der Chef des Generalstabes hat durch
»seinen bekannten Heldenmuth und seine mit
»dem richtigsten Coup d'oeil verbundene Thätig-
»keit in jeder Gelegenheit und besonders in
»den entscheidendsten Momenten die wichtigsten
»Dienste geleistet.«

In der Schlacht bei Leipzig erhielt er zwei Prell-
schüsse und wurden ihm zwei Pferde unter dem Leibe
erschossen. Der Kaiser verlieh ihm auf dem Schlachtfelde das Großkreuz des Leopold-Ordens »für
»seine mehrjährigen, so ruhmvoll als getreuen
»und ersprießlich geleisteten Militärdienste, ins-
»besondere aber in Berücksichtigung der ausneh-
»menden Verdienste als Generalquartiermeister
»der verbündeten Armeen bei Leipzig.«

Die großen Verdienste, welche Radetzky während der
Befreiungskriege sich erworben hatte, würdigte Kaiser Franz
nochmals durch Verleihung der Geheimen Rathswürde
mit dem Range vom 18. October 1813, als dem Tage,
an welchem er auf dem Schlachtfelde von Leipzig das
Großkreuz des Leopold-Ordens erhalten hatte.

Nach Schluß des Feldzuges 1815, an welchem bekanntlich das österreichische Heer keinen unmittelbaren
Antheil hatte, übernahm Radetzky neuerdings die Leitung
des Generalstabes in Wien. Vieles war zu ordnen, Vieles

zu ändern nach den Erfahrungen der letzten Kriege — es bedurfte außerordentlicher Thätigkeit. Den Feuereifer, welchen Radetzky hiebei entwickelte, wollte oder konnte man angesichts der voraussichtlich langen Friedensperiode nicht begreifen, und setzte ihm alle möglichen Schwierigkeiten entgegen. Bald mußte ihm klar werden, daß seines Bleibens in dieser Stellung nicht sein konnte. Er erbat die Uebersetzung zur Truppe und bekam die Cavallerie-Division zu Oedenburg. Aber schon nach zwei Jahren (1818) wurde er über Wunsch des Commandirenden in Ungarn, Erzherzog Ferdinand d'Este, zu dessen Adlatus ernannt — eine Anstellung, welche wegen ihrer Unselbstständigkeit und ihres begrenzten Wirkungskreises seinem Thätigkeits-Drange wenig zusagen konnte. Die sich ihm hier von selbst aufdrängende Muße benützte er zu wissenschaftlichen Arbeiten und in dieser stillen Atmosphäre überkam ihn zum ersten Male der Gedanke, sich aus der Activität zurückzuziehen. Dieser Gedanke reifte zum Entschlusse, als er im Jahre 1821 wohl zum General der Cavallerie befördert, aber gleichzeitig zum Festungs-Commandanten in Olmütz ernannt wurde. Die Verleihung dieser Friedens-Anstellung war ihm ein Fingerzeig, daß man seiner Dienste anderweitig nicht mehr bedürfe, und, in der Bescheidenheit seiner großen Seele, hoffend daß Bessere ihn ersetzen würden, widmete er sich ganz und gar der Pflege der Wissenschaften und seiner Blumen, die er so sehr liebte. Seine Ruhe aber sollte nicht von Dauer sein.

Bei Ausbruch der Juli-Revolution 1830 stellte Oesterreich eine Armee in Italien unter G. d. C. Baron Frimont auf, welcher Radetzky als Adlatus verlangte. Im

November 1831 aber wurde Frimont Präsident des Hof=
kriegsrathes, und Radetzky ward zum Armee=Commandanten
in Italien ernannt.

Nunmehr hatte er freie Hand und konnte die Ideen,
welche ihn seit so vielen Jahren erfüllten, realisiren. Sein
ganzes Streben ging dahin, in der Armee ein stets frisch
pulsirendes Leben zu erhalten und sie auf einen solchen
Grad der Manövrir=Fähigkeit und Kriegsbereitschaft zu
bringen, daß sie jeden Augenblick in's Feld rücken konnte.
Vorerst ward eine Manövrir=Instruction hinausgegeben
für die Bewegung größerer Heereskörper; ferners eine
Manövrir=Instruction für die Cavallerie; sodann eine
Feld=Instruction, nach welcher die gesammte Infanterie
gleichmäßig im Plänkeln, im Patrouillen= und Vorposten=
dienste, im Angriffe und in der Vertheidigung geschult,
kurz, taktisch erzogen werden, und nach welcher der Unter=
schied zwischen leichter und Linien=Infanterie principiell
aufhören sollte. Die Idee der einheitlichen Infan=
terie, welche heute das ganze Kriegssystem be=
herrscht, ist von Radetzky ausgegangen.

Um die Armee hiemit dauernd vertraut zu machen,
wurden die Uebungen in sehr erweitertem Maaße betrieben,
alljährlich bis in den Herbst hinein fortgesetzt und mit
großen Manövern abgeschlossen, denen stets eine strategische
Idee zu Grunde gelegt war. Die Radetzky'schen »Neue=
rungen« fanden natürlich sehr viele Gegner und wurden
auf das Heftigste angefeindet, bis das Machtwort des
Kaisers, nach dem Ergebnisse der diesfalls zusammen=
gesetzten Commission, jene Neuerungen sanctionirte.

Aufmerksamen Auges und unabläſſig verfolgte Radetzky
das Treiben der Revolutions=Partei; die Verbindungen,
welche ſie in allen italieniſchen Landen anknüpfte und zu
einem ſtets weiter ſich verzweigenden Netze ausdehnte,
entgingen ſeinem ſtaatsmänniſchen Blicke nicht und ließen
ihn vorausſehen, daß die italieniſchen Regierungen nicht
widerſtehen, ja daß einzelne der Bewegung ſich anſchließen
würden, und daß man es dann nicht mit ſporadiſchen
Ausbrüchen, ſondern mit einer allgemeinen, zu einem
förmlichen Kriege führenden Eruption zu thun haben
werde. Er drang daher auf die Befeſtigung von Verona
als Manövrir= und Stützpunct der Armee=Bewegungen, auf
Erweiterung von Legnago, Mantua und Peschiera, dann
auf die Befeſtigung von Mailand, Lecco, Piacenza und
Pavia. Von alledem geſchah nichts, außer Nothdürftigſtes
für Verona; denn die Krönung des weſtlichen Rideau
mit iſolirten Forts geſchah erſt unter dem jetzt regierenden
Kaiſer.

Im Jahre 1834 entfernte man den zum General be=
förderten Oberſt (nachmaligen Feldmarſchall) Heß von ſeiner
Seite, weil ſyſtemgemäß der Poſten des Generalſtabschefs
bei der Armee in Italien nur durch einen Oberſt beſetzt
ſein durfte. Radetzky empfand den Verluſt ſeines vertrauten
Freundes und Mitarbeiters ſehr ſchmerzlich, und tiefſte
Verſtimmung bemächtigte ſich des damals ſchon 68jährigen
Mannes, als ihm ein weit ernſterer Verluſt ward durch
den Tod des Kaiſer Franz, welchem er durch 43 Jahre
in unerſchütterlicher Treue, Liebe und Verehrung gedient
hatte — deſſen Vertrauen ihn unter den ſchwierigſten,
durch Neid, Mißgunſt und Unverſtand Anderer hervor-

gerufenen Verhältnissen stets ein sicherer Rückhalt und ein Sporn gewesen, muthig auszuharren auf dem dornenvollen Wege patriotischer Pflicht.

Aber auch Kaiser Ferdinand wollte dem erprobten Diener seines Hauses einen Beweis des gleichen Vertrauens geben, ernannte Radetzky anläßlich der Krönung in Prag zum Feldmarschall und verlieh ihm bei der Krönung zu Mailand den Orden der Eisernen Krone 1. Classe.

Das Jahr 1848 brach an und mit ihm das 82. Lebensjahr des Marschalls. Unter den widerlichsten schriftlichen und persönlichen Kämpfen hatte er eine nur ganz unzulängliche Vermehrung der Armee und der für die Herrichtung des Kriegsschauplatzes erforderlichen Mittel durchsetzen können. Denn so wenig man in Wien selbst auf den Ausbruch der Revolution vorbereitet war, so wenig wollte man glauben, daß die Dinge in Italien rasch einer ernsten Lösung zugingen, und fand es bequemer, den Marschall für einen Schwarzseher zu halten, dessen Hallucinationen nicht nachgegeben werden dürfe.

Der dieser Erzählung zugewiesene Raum gestattet nicht, die Ereignisse der glorreichen Feldzüge 1848 und 1849 im Detail zu beschreiben, so wenig als es möglich war, die vielseitige Thätigkeit Radetzky's während seiner früheren Dienstperiode anders als in großen Zügen darzustellen und zu charakterisiren. Die Geschichte dieser ewig denkwürdigen Feldzüge aber ist jedem Officier der Armee in das Herz geschrieben, und es wird daher der folgende kurze Rückblick uns Alles wieder vor die Seele bringen, was der ruhmgekrönte Marschall und die im wahrsten

Sinne des Wortes durch ihn geschaffene heldenmüthige Armee in jenen Tagen für Thron und Vaterland geleistet hat.

Bekanntlich brach am 17. März die Revolution in Mailand aus; am 21. kam die Nachricht, daß der König von Sardinien Oesterreich den Krieg erklären und zur Unterstützung der Lombardo-Venetianer herbeiziehen werde. Der fünftägige Straßenkampf in Mailand, um die Versammlung der in viele Garnisonen zerstreuten Truppen zu decken, der Rückzug mit denselben nach dem schützenden Verona, um sich dort kriegsgemäß zu organisiren, endlich die Versetzung der Armee auf den Kriegsfuß auf eigene Verantwortung — alle diese Maßregeln zeugen nicht nur von dem militärisch richtigen Blicke, sondern auch von der keine Responsabilität scheuenden Entschlußfähigkeit des Marschalls.

Die sardinische Armee war mittlerweile am Mincio angelangt, und schickte sich an Verona anzugreifen. Radetzky ging ihr entgegen und schlug mit 16.000 Mann den dreifach überlegenen Feind bei S. Lucia so entscheidend, daß dieser an den Mincio zurückwich. In dem dichten Kugelregen bei S. Lucia erhielt Erzherzog Franz Josef, unser jetzt regierender Kaiser, die Feuertaufe.

Diese denkwürdige, solch' erhebende Erinnerung in sich tragende Schlacht ward zum Wendepuncte des Krieges, indem ihr glücklicher Ausgang dem Marschall gestattete, die Offensive zu ergreifen, dem Heere aber eine Zuversicht einflößte, die sich jeder kommenden Schwierigkeit gewachsen zeigte.

Kaiser Ferdinand erließ an den Marschall folgendes Handbillet:

»Lieber Feldmarschall Graf Radetzky! Ihre »Berichte über die Ereignisse im lombardisch= »venetianischen Königreiche enthalten viele Be= »weise von Umsicht, Kriegserfahrung, Uner= »schrockenheit und heldenmüthiger Ausdauer, »welche Ihre Amtswirksamkeit an der Spitze »Meiner tapferen Truppen der Mit= und Nach= »welt als ausgezeichnet darstellen werden.

»Hierin vorzüglich erkenne ich einigen Trost »für die Unglücksfälle, von welchen Meine »Staaten heimgesucht worden sind. Ich über= »lasse Mich der beruhigenden Ueberzeugung, »daß Ihre Kraft nicht ermüden werde, die Sache »des Rechtes und der von Mir ausgesprochenen »freieren Institutionen mit dem wünschens= »werthen und siegreichen Erfolge zu verthei= »digen. Machen Sie diese Meine Anerkennung »der unter Ihren Befehlen stehenden Armee »bekannt, und empfangen Sie für das Ihnen »persönlich zukommende Verdienst der Pflege »und Leitung der glänzenden Wirkungen alt= »österreichischer Kriegszucht Meinen innigen »Dank.«

Radetzky erbat sich »seinen Heß« als Generalstabschef und wartete nur das Herankommen des Reserve=Corps ab, um den Vortheil der selbstgeschaffenen Situation auszu= nützen. Mittelst eines verdeckten Flankenmarsches versetzte er die Armee rasch nach Mantua, schlug das toscanische

Corps bei Curtatone, und wendete sich dann mittelst einer Rechtsschwenkung gegen die am rechten Mincio=Ufer stehende feindliche Armee, um Peschiera zu entsetzen, ohne jedoch bei Goito durchdringen zu können, da das 2. Corps nicht in den Kampf eingriff. Nachdem nun die Verhältnisse die Fortsetzung der Offensive in dieser Richtung nicht gestat=teten, · marschirt Radetzky mit 20.000 Mann rasch nach Vicenza, erobert es im Sturm, säubert durch die Zerspren=gung des Corps Durando das Venetianische von feind=lichen Truppen und eröffnet sich hiemit die bisher verlegt gewesene Verbindungslinie durch Friaul, wendet sich dann wieder gegen die feindliche Hauptarmee, schlägt sie nach dreitägigen Kämpfen bei Sona und Sommacampagna am 25. Juli entscheidend bei Custoza, zertrümmert während der Verfolgung am 26. Juli das Corps Sonnaz und treibt den Feind nach Mailand. Da dieser dort Stand zu halten Miene machte, versetzte er seine Armee nach dem Uebergange über die Abba in eine rechtsschwenkende, die Front nach Norden bringende Bewegung und veranlaßte durch diese strategische Drohung die gegnerische Armee zum Rückzuge über den Ticino und zu dem Anerbieten eines Waffenstillstandes, welchen der Marschall unter der Be=dingung der durchgeführten vollständigen Räumung der Lombardei am 9. August annahm.

Kaiser Ferdinand übersendete dem Sieger von Custoza das Großkreuz des Maria Theresien=Ordens mit folgendem Handschreiben:

»Lieber Graf Radetzky! Die glänzenden
»Siege von Sommacampagna und Custoza
»haben Mich mit Bewunderung und Freude

»erfüllt. Ich glaube der tapferen Armee in
»Italien keinen größeren Beweis Meiner An=
»erkennung geben zu können, als indem Ich
»dem ruhmwürdigen Feldherrn das Großkreuz
»Meines militärischen Maria Theresien=Ordens
»verleihe, dessen Insignien Ich Ihnen hiemit
»übersende. Möge dieses höchste Ehrenzeichen
»eines Kriegers Ihre tapfere Brust noch lange
»Jahre zieren und Ihre Thaten dem österrei=
»chischen Heere zum Vorbilde dienen.«

Der Waffenstillstand sollte nicht zum definitiven
Frieden führen. König Carl Albert benützte denselben nur,
um sein Heer zu reorganisiren und auf 100.000 Mann
zu bringen. Am 20. März 1849 entbrannte der Kampf
von Neuem. Die Hauptmacht der Piemontesen, fünfein=
halb Divisionen, stand nördlich des Po à cheval der
Straße von Novara nach Mailand, deren rechter Flügel,
zweieinhalb Divisionen, am südlichen Po=Ufer an der Chaussée
Alessandria=Piacenza.

Radetzky ließ — gleichsam als wollte er sich am
Mincio concentriren — alle zwischen Mailand und dem
Ticino stehenden Truppen nach Lodi, von dort aber sofort
wieder westwärts nach Pavia marschiren, wohin auch
sämmtliche anderen Truppen in Eilmärschen dirigirt wurden,
und versammelte so binnen wenig Tagen die vier Armee=
corps Wratislaw, d'Aspre, Appel, Thurn und das Reserve=
Corps Wocher, etwa 70.000 Mann, bei Pavia. Am 20. März
ward der Ticino überschritten und die Armee in eine nach
Norden gerichtete, rechtsschwenkende Bewegung gebracht.
Der Gegner, durch diesen drohenden Marsch gänzlich

überrascht und in seiner beabsichtigten Offensive über den Ticino aufgehalten, konnte eine rückwärtige Stellung nicht mehr gewinnen, sondern war nach den blutigen Gefechten von Vigevano und Mortara gezwungen, sich bei Novara mit südlicher Front aufzustellen und in diesem strategisch ungünstigen Verhältnisse eine Schlacht anzunehmen.

Der kühn und genial angelegten Operation Radetzky's entsprach auch die taktische Ausführung durch den aus= greifenden, vehementen Angriff gegen den rechten feindlichen Flügel, wodurch die Schlacht entschieden und der König zum Waffenstillstande gezwungen wurde. Das tapfere fünf= stündige Ausharren des Corps d'Aspre und speciell der Division Erzherzog Albrecht, wodurch allein das recht= zeitige Eingreifen des überflügelnden Corps möglich wurde, bildet den Glanzpunct dieser Schlacht — ein ewig ehrendes Denkmal für Diejenigen, welche sie erdacht, welche sie aus= geführt, welche sie durchgekämpft, welche dort geblutet und den Heldentod gestorben sind für Kaiser und Vaterland!

Politische Rücksichten untersagten dem Marschall, nach Turin zu marschiren.

Kaiser Franz Josef sandte Erzherzog Wil= helm nach Italien, um der Armee seinen Dank zu überbringen und sie in ihrem Führer zu ehren, indem er dem Feldmarschall den Orden des Gol= denen Vließes übersendete. Auch ließ der Kaiser zu Ehren des Feldmarschalls eine Medaille prägen und ihm je eine von Gold, Silber und Erz über= geben.

Der Gemeinderath der Haupt= und Residenzstadt
Wien hatte eine Ehrendeputation an den Marschall ge=
schickt, um ihm das Ehrenbürgerrecht zu überbringen. Die
von Grillparzer, dem österreichischen Heros deutscher Dicht=
kunst, verfaßte, in einer kostbaren und künstlerisch ausge=
statteten Envelope verwahrte Urkunde lautet:

»Wir, Gemeindeausschuß und Magistrat der Haupt=
»und Residenzstadt Wien, beurkunden hiemit: Graf Josef
»Radetzky, Feldmarschall und Großkreuz des Maria
»Theresien=Ordens, hat durch mehr als sechzig Jahre
»an allen Waffenthaten der österreichischen Armee, als
»Schwert und Schild, durch Tapferkeit und Feldherrn=
»Umsicht ruhmvoll Antheil genommen. Von den Türken=
»kriegen der Achtziger=Jahre bis zu den Befreiungs=
»Schlachten von Culm und Leipzig ist kein glorreiches
»Ereigniß, das nicht Ihn, das nicht Er gleichmäßig
»verherrlicht hätte.

»Auf die höchste Stufe des Kriegs= und Bürger=
»thums hob ihn aber die jüngste Vergangenheit, als
»sein Name und sein Heer der alleinige Aus=
»druck von der einst gefürchteten Macht Oester=
»reichs waren, als er in zwölf Tagen, deren jeder
»ein Sieg, einem jahrelang vorbereiteten tückischen Ueber=
»fallskriege ein Ende machte und sich jenen Helden
»anreihte, die als Wiederhersteller des Vater=
»landes im Gedächtnisse der späteren Enkel fortleben.

»Die Meinungen der Zeit verschlingt die Zeit;
»was aber alle Zeiten groß gemacht haben, steht uner=
»schüttert in jedem Wechsel.

»Zum bleibenden Zeichen der Dankbarkeit, welche
»mit dem ganzen Vaterlande auch diese Stadtgemeinde
»dem größten Feldherrn unserer Zeit, der Zierde
»Oesterreichs, dem Stolze Deutschlands schuldig zollt,
»haben wir, uns selber ehrend, dem Grafen Josef Ra=
»detzky das Ehrenbürgerrecht der Haupt= und Residenz=
»stadt Wien angeboten und verliehen und seinen Namen
»als den Ersten im goldenen Buche der Ehrenbürger
»der freien Commune Wien ausgezeichnet.«

Aus freiwilligen Beiträgen verehrte die gesammte
k. k. Armee dem Marschall einen kostbaren, mit Edelsteinen
reich geschmückten goldenen Feldherrnstab, auf einem kunst=
voll gearbeiteten, von silbernen Adlern getragenen Posta=
mente ruhend, und begleitete die Ehrengabe mit einer
schwungvollen, aus Schönhals' Feder stammenden Widmung.
Alle Potentaten Europa's beeilten sich, dem Heldengreise
die Insignien ihrer höchsten Orden mit den schmeichel=
haftesten Handschreiben zu übersenden, nicht nur um den
großen Feldherrn, sondern auch um Denjenigen zu ehren,
der die Revolution bezwungen hatte.

Als Radetzky nach dem Falle Venedigs und der vor=
läufigen Ordnung der italienischen Angelegenheiten nach
Wien kam, wurde er vom Kaiser neuerdings durch ganz
specielle Gnadenbezeigungen ausgezeichnet, zum Civil=
und Militär=Gouverneur des lombardisch=venetianischen
Königreiches ernannt, und ihm das kaiserliche Lustschloß
in Monza zur Verfügung gestellt. Nur einmal noch kehrte
Radetzky lebend in Wien ein, es war zur Vermählung
seines Kaisers.

Als im Jahre 1857 der Kaiser seine italienischen Provinzen bereiste und in der Verwaltung derselben neue Verhältnisse sich vorbereiteten, bat der jetzt 91jährige Feldmarschall um Enthebung von dem verantwortlichen Posten, dessen Bürde nicht mehr vereinbarlich war mit seinem Bedürfnisse nach Ruhe. Der Kaiser willfahrte seiner Bitte mit dem nachfolgenden Handschreiben vom 28. Februar:

»Lieber Feldmarschall Graf Radetzky! Mit »jenem tiefen Pflichtgefühl und der treuen Hin= »gebung, womit Sie in dem Zeitraume von »72 Dienstjahren Meiner Armee als unüber= »troffenes Beispiel voranleuchteten, haben Sie »Mir auch nun, bei Meinem Eintreffen in »Meinem lombardisch=venetianischen Königreiche, »mit edler Aufrichtigkeit die Bürde Ihres hohen »Alters geschildert und zugleich die Bitte um »Enthebung von dem Posten eines Armee=Com= »mandanten und Generalgouverneurs unter= »legt. Ich habe dieser Bitte mit dem tiefsten »Bedauern nur aus dem Grunde nachgegeben, »weil Ihre Befreiung von so großer Last der »Geschäfte Mir allein die Hoffnung gewährt, »Ihr Mir so theures und ruhmvolles Leben »noch für eine Reihe von Jahren in ungetheil= »tem Wohlsein erhalten zu sehen.

»Ich befehle unter Einem Alles an, was »auf Ihre künftige persönliche Stellung Bezug »hat. Sie werden stets in jedem Meiner »Schlösser, sowohl zu Strà, Monza, in der »Villa reale zu Mailand, als zu Wien in

»Meiner Burg, im Palaste des Augartens
»dann zu Hetzendorf, nach Ihrer Wahl, Mein
»herzlich gern gesehener Gast und Ich dadurch
»in der Lage sein, Mich so oft, als Ich es be-
»darf, Ihrer weisen Ansichten und Ihres Rathes
»erfreuen zu können.

»Und so mögen Sie noch lange Meiner
»Armee das lebendigste Vorbild Unseres Ruhmes,
»geliebt und geehrt von Mir und allen öster-
»reichischen Herzen, in der dankbarsten Erinne-
»rung Ihres Monarchen, wie in Ihren eigenen
»glanzvollen Erinnerungen den Lohn einer so
»thatenreichen Vergangenheit genießen.«

Der Feldmarschall veröffentlichte mittelst Armeebefehls
dieses kaiserliche Handschreiben und begleitete es mit fol-
gender Ansprache:

»Soldaten! Ich nehme von Euch keinen Abschied,
»denn ich bleibe unter Euch. Ich überlasse jüngeren
»Kräften die mühevolle Pflicht, Euch zu bilden und zu
»pflegen, um im entscheidenden Momente, wenn die
»Stimme unseres geliebten Monarchen mich etwa noch-
»mals rufen sollte, zu zeigen, daß der Degen, den ich
»durch 72 Jahre und auf vielen Schlachtfeldern geführt,
»noch immer fest in meiner Hand ruht.

»Aber danken muß ich Euch für Euer Vertrauen,
»für Eure Anhänglichkeit an meine Person, für Eure
»Disciplin, für Eure Hingebung und Tapferkeit, die
»uns zu so vielen Siegen führte, und die Bewunderung
»und Achtung der Welt errang.«

»Gerne wiederhole ich, was ich schon zu Ende des
»Jahres 1848 gesagt habe, daß der Glanz, welcher sich
»wie die Abendröthe nach einem schönen Tage über den
»Abend meines Lebens verbreitet, Euer Werk ist. Eurer
»Tapferkeit verdanke ich, was ich geleistet, Eure mili=
»tärischen Tugenden wanden mir die Krone, welche nun
»in der Allerhöchsten Gnade unseres erhabenen Kaisers
»und obersten Kriegsherrn mein greises Haupt schmückt.
»Nehmt meinen Dank dafür, Soldaten! Bleibt dessen
»stets eingedenk und Ihr werdet, ich bin es überzeugt,
»die Rechte Eures Kaisers und die Ehre Eurer Waffen
»bis in den Tod bewahren. Hoch lebe unser vielgeliebter
»Kaiser Franz Josef!«

Nicht lange mehr sollte der Feldmarschall die Ruhe
des Alters genießen. Im Mai hatte er das Unglück, aus=
zugleiten und das Bein zu brechen; bei seinem hohen
Alter konnte der Bruch nicht mehr verharschen und so
bereitete sich das Ende langsam vor, glücklicherweise ohne
quälendes Siechthum. Im December überkamen ihn Fieber=
Anfälle, die in eine rasche Abnahme der Kräfte ausliefen,
und nach achttägiger Krankheit, am 5. Jänner 1858, ver=
ließ der große Marschall diese Erde.

Tief erschüttert, wenngleich auf das traurige Ereigniß
vorbereitet, erließ der Kaiser nachfolgenden Armeebefehl:

»Dem Willen des Allmächtigen hat es ge=
»fallen, den ältesten Veteranen Meiner Armee,
»ihren sieggekrönten Führer, Meinen treuesten
»Diener, den Feldmarschall Graf Radetzky aus
»diesem Leben abzuberufen.

»Sein unsterblicher Ruhm gehört der Ge=
»schichte. Damit jedoch sein Heldenname Meiner
»Armee für immer erhalten bleibe, wird Mein
»fünftes Husaren=Regiment denselben fortan
»und für immerwährende Zeiten zu führen haben.

»Um den tiefen Schmerz Meines mit Mir
»trauernden Heeres Ausdruck zu verleihen, be=
»fehle ich weiter, daß in jeder Militärstation
»für den Verblichenen ein Trauergottesdienst
»gehalten und von Meiner ganzen Armee und
»Flotte die Trauer vierzehn Tage hindurch an=
»gelegt werde. Alle Fahnen und Standarten
»haben auf diese Zeit den Flor zu tragen.«

Das Leichenbegängniß, welches den todten Feldmar=
schall von Mailand nach Wien überführte, sollte nach dem
Willen des Kaisers eine imposante Kundgebung seiner
eigenen Trauer, der Trauer des Heeres und des Landes
sein. 20.000 Mann geleiteten den Auszug des todten
Helden aus Mailand, und in allen Militärstationen mußte
der Sarg durch das Officierscorps und eine Ehrencom=
pagnie empfangen werden. In Wien bezeigte der Kaiser
seinem dahingeschiedenen treuen Feldmarschall die letzte
und höchste Ehre, indem er sich persönlich an die Spitze
der ausgerückten Truppen stellte und vor dessen letzter
Behausung den Säbel senkte.

Der Feldmarschall hatte in seinem schon 1855 eigen=
händig geschriebenen Testamente verfügt, daß er im Parke
zu Wetzdorf*), dem Besitzthume seines Freundes Parkfrieder,

*) Wetzdorf liegt zwischen Stockerau und Meissau, an der
Straße nach Horn.

an der Seite des Feldmarschall Baron Wimpffen, seines
Waffengenossen, beerdigt werde. Dieser Anordnung des
Verblichenen gemäß wurde der Sarg dorthin gebracht,
und erfolgte die feierliche Beisetzung in Gegenwart des
Kaisers. Eine patriotische Widmung hat den hochsinnigen
Wunsch des Kaisers, den Fleck Erde, wo der große Feld=
marschall gebettet ist, zu erwerben, realisirt, und so ist die
Begräbnißstätte Radetzky's heute Eigenthum des Kaisers.

Böhmen, das Heimatland des Marschalls, hat seinem
großen Sohne in der Landeshauptstadt, dem vielthürmigen,
goldenen Prag, ein großartiges, ehernes Denkmal gesetzt,
dessen Sockel in künstlerischer Anordnung den sinnigen
Ausspruch des Dichters: »In Deinem Lager ist Oesterreich«
darstellt, und der patriotischen Idee des treuen Zusammen=
haltens aller Stämme unseres großen Vaterlandes beredten
Ausdruck gibt.

Vereine, Corporationen und Gesellschaften nahmen
des großen Marschalls Namen an, öffentliche Plätze,
Säulen, Straßen und Brücken wurden nach ihm, dem
Unvergeßlichen, benannt und in solcher Weise die Gefühle
der Verehrung und Dankbarkeit zum·Ausdrucke gebracht,
welche die Völker Oesterreichs ihren Helden zollen.

Das Leben des Feldmarschalls bietet ein reich be=
wegtes Bild. Als Jüngling obliegt er ernsten Studien,
um Geist und Herz für die große Aufgabe vorzubereiten,
welche schon frühzeitig seine strebende Seele sich zurechtgelegt
hatte. Bald aber sehen wir ihn hinaustreten in den Ernst
des Lebens, in das Gewoge der Kämpfe und Schlachten,
und dort jenen Thätigkeits=Drang, jenen persönlichen Muth,

jene Unerschrockenheit und Gegenwart des Geistes an den
Tag legen, welche ihn und alle die wechselvollen Episoden
seines Lebens kennzeichnen, ihn zu den kühnsten und ge=
fährlichsten Unternehmungen führten, ihn wiederholt aus
der taktisch ganz unberührten Sphäre des General=Adju=
tanten hinausdrängen, um sich an der Führung von
Colonnen, an dem Kampfe persönlich zu betheiligen, in
erster Linie zu fechten, durch seine Rathschläge und deren
ebenso kluge wie energische Ausführung die glückliche Ent=
scheidung von Schlachten vorzubereiten oder herbeizuführen.
Wir sehen ihn als Regiments=Commandanten mit seinen
Schwadronen zu blutigen, siegreichen Attaquen reiten; wir
sehen ihn als Truppen=General ebenso energisch und kühn
als zielbewußt handeln, keine Verantwortung scheuend und
jeder Aufgabe gerecht werden. Achtmal ward er verwundet
und sieben Pferde wurden ihm unter dem Leibe erschossen.

Im Rathe des Kaisers und der Feldherren vertritt
er seine Meinung mit der überzeugten Bestimmtheit des
denkenden Militärs und gibt, frei von jeder Zweideutigkeit
und Schönfärberei, der Wahrheit stets die Ehre, mag sie
noch so unbequem sein, noch so rauh klingen. Von ihm
gilt, was man dem großen Washington nachrief, daß seine
Größe nicht allein im Verstande, im Talente oder Genie,
sondern in der Ehre, Wahrhaftigkeit, Redlichkeit
und in der Herrschaft des höchsten Pflichtgefühles
— mit Einem Worte im echten Adel des Cha=
rakters liegt.

Radetzky's militärische und staatsmännische Begabung
beeinflußt in bestimmender Weise die weltgeschichtlichen
Ereignisse der Befreiungskriege; zurücktretend dann in die

engere Sphäre der Friedens-Thätigkeit, strengt er auch da
sein ganzes Wesen an, um die Erfahrungen des Krieges
zum Besten des Heeres zu verwerthen; als Commandirender
General in Italien bildet und erzieht er die Armee nach
seinen eigenen wohldurchdachten Ideen, viel Mißgunst,
Neid und Verläfterung erfahrend von den starr am Alt-
hergebrachten Haltenden und jede Neuerung als einen
Einbruch in ihre traditionelle Domäne Betrachtenden.

Von diesem Golgatha aber steigt er auf zu dem
Ruhmestempel wahrer Feldherrngröße. Auf den blutigen
Schlachtfeldern Oberitaliens erfüllt er seine Heldenlaufbahn
mit Siegen, im Style derjenigen, welche vor mehr als
fünfzig Jahren der größte Heerführer aller Zeiten unseren
tapferen Heeren auf denselben Schlachtfeldern abgerungen
hatte, und wird so, den gemeinsamen Anprall innerer
und äußerer Feinde mit seinem Degen zerschmetternd, in
Wahrheit der Wiederhersteller und Retter des Vaterlandes.

Seine Seele war ganz erfüllt von der Liebe und
Treue zu Kaiser und Vaterland; keine Handlung in seinem
ganzen Leben gibt es, welches nicht dieses edelste aller
Gefühle zum Ausgangs- und Zielpuncte gehabt hätte.
Und dies ist das Beständige in dem kaleidoskopischen
Wechsel der Bilder, welche seine reich bewegte Existenz
uns zeigt.

Im persönlichen Umgange war Radetzky von den
liebenswürdigsten und gewinnendsten Formen; er hatte
auch für den Niedersten jene wahre Höflichkeit, welche
gleichmäßig aus der Bildung des Geistes und des Herzens
entspringt und weder die Ueberlegenheit der Begabung
noch der Stellung aufdringlich hervorkehrt.

Die Officiere und Soldaten haben ihn vergöttert. Ein hervorragender General hat den Ausspruch gethan, daß der Sarg des Feldmarschalls, in eine schwankende Schlacht getragen, Alles zum Siege fortgerissen hätte.

Radetzky ist nicht gestorben. Die Geschichte hat ihm, dem Retter seines Vaterlandes, den Preis der Unsterb= lichkeit zuerkannt und damit uns, den Nachgekommenen, die Pflicht in's Herz geschrieben, sein großes Erbe zu hüten, zu pflegen, zu bewahren. »Große Männer«, sagt ein englischer Denker, »heiligen das Volk, zu dem sie ge= hören, und erheben nicht blos Alle, welche in ihrer Zeit leben, sondern auch Jene, welche nach ihnen kommen. Ihr großes Beispiel wird die gemeinschaftliche Erbschaft ihres Geschlechtes und ihre großen Thaten und Gedanken sind das glorreichste Vermächtniß an die Menschheit. Sie ver= binden die Gegenwart mit der Vergangenheit, sie tragen das Banner der Tugend voran, erhalten die Würde des menschlichen Charakters und füllen die Seele mit Ueber= lieferungen und Instincten von Allem, was es im Leben Würdigstes und Edelstes gibt.«

Generalissimus Erzherzog Carl an den Feldmarschall Graf Radetzky über die Einführung des Erzherzog Albrecht in den streng militärischen Dienst.

Lieber Feldmarschall!

Mein Sohn rühmt in allen seinen Briefen die besondere Aufmerksamkeit, mit welcher Sie bedacht waren, ihm seinen Aufenthalt in Mailand nicht allein angenehm, sondern auch belehrend zu machen. Ich sehe mit großem Vergnügen in der Art, wie er sich darüber ausdrückt, daß er den Geist, den Sie in Ihre Ihnen unterstehenden Truppen zu verbreiten gewußt haben, aufgefaßt, und den reellen Kriegsdienst von den militärischen Friedensspielen zu unterscheiden gelernt hat.

Die dankbare Anerkennung von meiner und meines Sohnes Seite, und des Letzteren lebhafter Wunsch, seine ersten Waffenthaten unter Ihrer Leitung zu vollbringen, möge Ihrer freundlichen Bemühung zur Vergeltung dienen. — Ich wiederhole Ihnen, lieber Feldmarschall, mit Vergnügen bei dieser Gelegenheit die Versicherung jener alten, erprobten Ergebenheit, wie ich sie in der verhängnißvollen Zeit empfand, als wir die Wechselfälle des Krieges mit einander theilten.*)

Carl, FM.

Wien, den 22. Jänner 1840.

---

*) 1809.

Generalissimus Erzherzog Carl an den Feldmarschall Graf Radetzky.

Lieber Herr Feldmarschall Graf Radetzky! Mit vielem Vergnügen habe ich das Programm der von Ihnen in diesem Jahre angeordneten Manoeuvres erhalten, und ich bin Ihnen für die Mittheilung desselben sehr dankbar. Ich und die ganze Armee erfreuen uns über die nie erlöschende Thätigkeit und den erfolgreichen Eifer, mit dem Sie der kriegerischen Ausbildung der Ihren Befehlen unterstehenden Truppen vorstehen, und allgemein ist der Wunsch, daß Ihre physischen Kräfte Ihnen noch viele Jahre gestatten mögen, die neu entstandene Generation unserer Krieger nach Ihrem Vorbilde und mit Ihren Erfahrungen zu leiten. — Empfangen Sie, lieber Herr Feldmarschall, die Versicherung meiner aufrichtigen, warmen Ergebenheit.

E. Carl, FM.

Wien, am 18. October 1842.

Kaiser Ferdinand an Feldmarschall Graf Radetzky bei der Thron=
entsagung. Dank für die Erhaltung der Monarchie in ihrem vollen
Umfange.

Lieber Feldmarschall Graf Radetzky! Ich verlasse den
Thron Meiner Väter mit dem beruhigenden Bewußtsein,
mit Meinem Willen nie etwas unterlassen zu haben, was
zum Wohle Meiner Völker hätte beitragen können; auch
Mein jetziger wohlüberlegter Entschluß beruht auf dieser
Gesinnung. Indem Ich ihn ausführe, will Ich noch ein
Wort an den Mann richten, dem Ich es unmittelbar ver=
danke, daß Ich die Monarchie ungetheilt in ihrer Inte=
grität Meinem geliebten Neffen und Nachfolger übergeben
kann. — Sie haben nach mehr als durch ein halbes Jahr=
hundert dem Staate mit stets gleicher Treue und uner=
müdeter Thätigkeit geleisteten wichtigen Diensten denselben
von der Uebermacht eines eingedrungenen Feindes an der
Spitze Meiner heldenmüthigen Armee siegreich befreit;
dies sind Thatsachen, für die Ihnen die Monarchie
ewig verpflichtet bleibt; — empfangen Sie dafür in
dem Augenblicke, als Ich die Zügel der Regierung in
jüngere, kräftigere Hände lege, Meinen wiederholten tief=
gefühlten Dank.

Ferdinand.

Olmütz, am 30. November 1848.

Reichsverweser Erzherzog Johann an Feldmarschall Graf Radetzky.

Mein lieber alter Freund und Camerad!

Wenn nach einer langen, schweren Krankheit etwas zu der Heilung kräftig beitragen kann, so sind es wahrlich die Nachrichten, welche unsere brave Armee betreffen; aber auch, ich gestehe es Ihnen aufrichtig, der Beweis von Freundschaft und Erinnerung, die Sie mir durch Zusendung Ihres Flügeladjutanten Major Baron Leykam gegeben haben. Wenn ich die Geschichte der Ereignisse des Jahres 1848 bis auf den heutigen Tag durchgehe, so zeigt es sich, daß Oesterreichs Heer die Rettung der Monarchie war; es hat das Unglaubliche geleistet; zuerst durch Verrath bis an die Etsch zurückgedrängt, ungebeugten Muthes ausharrend und alle Proben bestehend, die man nur immer denken kann, dann durch eig'ne Kraft den Feind im glorreichen Kriege zurückwerfend, zuletzt durch einen viertägigen Feldzug in seinem eig'nen Lande, die Krone auf alle Leistungen setzend.

Es zeigt sich weiter, daß in diesem Heere vom Generalen bis zum letzten Mann alle Helden sind; die Geschichte wird dieser Zeit, als der glorwürdigsten Oesterreichs, ihr Recht angedeihen lassen. Allein hier bewährt sich das alte Wort, welches sagt: »Der Geist ist's, der lebendig macht«, und woher kommt dieser Geist? Von Ihnen, mein lieber Freund, und von denen, welche mit Ihnen wirken; dieses Verdienst, welches Jeder, dem sein Vaterland etwas werth ist, tief fühlt und in diesen Zeiten nicht allein Jeden, welcher unseren Rock trägt, sondern auch jeden Bürger Oesterreichs zu warmem Danke verpflichtet, welcher sich mit Worten nicht ausdrücken läßt. Was mich persönlich betrifft, so bin ich Ihnen im Geiste auf jenen Gefilden stets gefolgt, welche mir so wohl bekannt sind; angekettet in Frankfurt durch meine damaligen Verhältnisse, fühlte ich oft das Bedauern, nicht unter Ihrer Führung, selbst mit der kleinsten Truppenabtheilung, stehen und Entbehrungen, Gefahren und Ruhm mit den braven Kriegern Ihres Heeres theilen zu können! Nehmen Sie meinen herzlichsten Dank für die mir erwiesene Aufmerksamkeit; mögen Sie und unsere Armee sich überzeugt halten, daß, so lange noch ein Hauch in meiner Brust ist, ich stets es als mein Höchstes betrachten werde, ein Glied des österreichischen Heeres zu sein.

Mögen Sie, lieber Freund, diese Zeilen recht wohl treffen, und empfangen Sie die Versicherung meiner unveränderlichen Gesinnungen, mit welchen ich bin

Ihr alter Freund

Johann.

Frankfurt, am 3. April 1849.

Königin Therese von Bayern an den Feldmarschall Graf Radetzky.

Herr Feldmarschall Graf Radetzky!

Den meisten Meiner Kinder ward der auch von Mir lebhaft getheilte Wunsch erfüllt, Sie, Herr Feldmarschall, persönlich kennen zu lernen. Leid ist es mir, diese Freude entbehren zu müssen, doppelt leid, Ihnen nicht mündlich aussprechen zu können, wie sehr ich den Enthusiasmus theile, mit welchem ganz Oesterreich Ihren Namen feiert. — In etwas diese Gesinnungen zu bethätigen, lege Ich für Ihre würdige Lebensgefährtin*) die Decoration des Theresien=Ordens bei, wünschend, daß sie dieselbe aus Ihren Händen, Herr Feldmarschall, erhalten möge.

Mit den Gesinnungen vorzüglicher Werthschätzung

Therese,
Königin von Bayern.

München, den 26. November 1853.

*) Franziska, geb. Gräfin Strasoldo = Grafenberg, geboren den 10. Mai 1779, vermählt den 5. April 1798, gestorben den 12. Jänner 1854.

Kaiser Alexander II. von Rußland an Feldmarschall Graf Radetzky bei der Thronbesteigung nach dem Tode des Kaisers Nicolaus I.

Herr General-Feldmarschall Graf Radetzky!

In den Stunden der Prüfung, die es der Vorsehung in ihren unabweisbaren Schlüssen gefiel, Mir durch das Ableben Seiner kaiserlichen Majestät Meines in Gott ruhenden Vaters herabzusenden, fanden die Worte des Beileids, die Sie Mir in Ihrem Schreiben vom 4. März mittheilen, einen geraden Weg zu Meinem Herzen. In der tiefen Betrübniß an dem kaum geschlossenen Grabe kann Ich keinen anderen Trost suchen als in den Gefühlen derjenigen, denen die Liebe des Verewigten gewonnen war. Sie hatten auf Seine unwandelbare Zuneigung und aufrichtige Achtung ein unveräußerliches Anrecht in jenen Tagen errungen, wo Ihr Schwert, treu dem Dienste des heiligen Fürstenbundes, der Anarchie und dem Aufstande den ersten entscheidenden Schlag zur Rettung des Vaterlandes versetzte.

Ich danke Ihnen im Namen Meines Vaters, dessen tiefempfundenen Verlust Wir heute beweinen, für die Freude, die Ihm einst Ihre glänzenden Erfolge gegeben haben; in Meinem Namen danke Ich Ihnen für Ihre Wünsche, die, von Ihnen kommend, Mir nur Glück bringen können.

Ich verbleibe Ihnen unwandelbar wohlgewogen.

Alexander.

St. Petersburg, den 19. März 1855.

Testament

Geschrieben an meinem 89. Geburtstage und 72. Dienstjahre.

Als Mensch bewußt, meiner Urbestimmung folgen zu müssen, habe ich bei voller Geistesgegenwart und Gesundheit meine letzten Wünsche und Anordnungen niedergeschrieben, und somit als guter katholischer Christ meinen letzten Willen im Namen Gottes des Vaters, Gottes des Sohnes und heiligen Geistes ausgesprochen. Als Christ bereue ich alle begangenen Sünden und Fehler, bitte um Vergebung, wenn ich Jemanden wider meinen Willen beleidigt oder gekränkt habe.

Vor allen muß ich danken Seiner Apostolischen Majestät unserem Allergnädigsten Kaiser und Herrn für alle mir erwiesene Huld und Gnade, sowie meiner nächsten Umgebung dankend erwähnen, die mir meine Dienstespflichten so wesentlich erleichtert haben.

Zum Universalerben ernenne ich meinen Sohn Theodor unter nachfolgenden Bedingnissen, und zwar ist derselbe verpflichtet, sogleich nach geschehener Vermögens-Abhandlung, um deren Beschleunigung ich das betreffende Gericht bitte, seiner Schwester Friederike, verehelichte Wenkheim, entweder selbst von dem hier benannten Testaments-Executor Herrn Parkfrieder zu übergeben.

Nr. 1. Den kleinen silbernen Aufsatz, bestehend aus einem Korb sammt Unterspiegel, zwei kleinen gleichfalls mit Spiegelvasen, sechs Candelabres und vier Dreifüßen und vier dreieckigen Untersatzeln zum Obst.

Nr. 2. Eine Chatouille für 60 Personen silberne Eßbestecke mit Zugehör.

Nr. 3. Eine Chatouille Dessert=Bestecke für 60 Per=
sonen, vergoldet und die Griffe von Perlmutter, nebst
einer vergoldeten Bronce=Uhr sammt Candelaber, nach ihrer
Wahl. Nach meinem Tode hat mein Testaments=Executor
nachfolgende Orden, in Brillanten gefaßt, in Empfang zu
nehmen und meiner Tochter Friederike Wenkheim zu über=
geben:

A. Den k. russischen Andreas=Orden;

B. den königl. preußischen schwarzen Adler;

C. Herzog Parmasanischen Ludwig, dann den k. rus=
sischen Ehrendegen und den k. russischen Marschall=Stab,
beide mit Brillanten besetzt.

Ferners das von Ihrer kais. Hoheit der Frau Erz=
herzogin Sophie gnädigst geschenkte Porträt Sr. Majestät
des Kaisers so auf meinem Schreibtische steht.

Sämmtlich Tischzeug ohne Ausnahme, sowie alle im
Rahmen befindliche Bilder sollen in gleiche Theile zwischen
meinem Sohn und Tochter vertheilt werden. Die Fami=
lien=Papiere kommen in die Hände meines Sohnes, sowie
alle übrigen Schriften und Papiere.

Ich bitte meinen alten Freund Parkfrieder, bei
welchem ich in seinem Park zu Wetzdorf am Heldenberge
an der Seite meines alten Freundes Marschall von Wimpffen
beigesetzt zu werden wünsche, als Testaments=Executor
meines letzten Willens zu sein, dessen Ausspruch alles
überlassen bleibt.

Als Universalerbe ist mein Sohn Theodor verpflichtet,
das Leichenbegängniß und meiner Dienerschaft folgende
Legate nach gepflogener Abhandlung innerhalb dreier Monate
hinauszubezahlen, und zwar:

a) Meinem Kammerdiener Carl Foerstl nebst der sämmtlichen Garderobe, Leib= und Bettwäsche in baarem Gelde 5000 fl., sage fünftausend Gulden;

b) meinem Koch Jean 1500 fl., sage Eintausend fünfhundert Gulden;

c) Zuckerbäcker Winker 800 fl., sage Achthundert Gulden;

d) Stallmeister .... 800 fl., sage Achthun= dert Gulden;

e) dem Livree=Personale jedem einen jährlichen Lohn sammt der Livree=Kleidung.

Das nach meinem Tode in dem ledernen Beutel vor= findende Geld soll die Hälfte auf heilige Messen in der Domkirche allhier gelesen, die andere Hälfte den Armen in Verona vertheilt werden.

Meine letzte und unterthänigste Bitte beruht in diesem: Seine Majestät wollen die Allerhöchste Gnade haben, dem dermaligen Oberst und ersten General=Adju= tanten von Staeger, den Oberst Lebzeltern, beide Flügel= Adjutanten, Major Karst und Rittmeister Baron Beaulieu, den ausgezeichneten Hauptmann Grafen Thun, die mir alle treu, ehrenhaft und liebevoll meinen Dienst erleich= terten, als Belohnung, da ich diese bei meinen beschränkten Mitteln nicht betreuen kann, jedem eine höhere Rangsstufe mit der damit verbundenen Gage Allergnädigst zu ver= sehen,*) und auch meinen treuen Pfleger Stabsarzt Doctor

---

*) Se. Majestät der Kaiser Franz Josef hat der hier aus= gesprochenen Bitte des Feldmarschalls zu willfahren geruht, und erscheinen schon im Schematismus des Jahres 1859 die genannten Herren in die nächsthöheren Chargen befördert.

Wurzian der Allerhöchsten Gnade würdig halten, sowie ich mich auch verpflichtet fühle, den mir beigegebenen FML. Baron Benedek, der mir stets hilfreiche Hand gegeben, ebenfalls der Allerhöchsten Gnade zu empfehlen.

Da meine Vermögens-Verhältnisse nicht derart sind, um den Vorgenannten, sowie ich wünsche, ein ansehnliches Andenken hinterlassen zu können, bitte ich dieses wenige hier bezeichnete aus Freundeshand anzunehmen:

1. Herr Oberst von Staeger einen Säbel nach Wahl, dann die schwarze Stock=Spieluhr und zwei Pistolen;

2. der Oberst von Lebzeltern einen Säbel und zwei Pistolen;

3. Major Karst und Baron Beaulieu ebenso;

4. dem Grafen Hauptmann Thun detto nebst einem Jagdgewehr;

5. Stabsarzt Wurzian soll aus meiner Bibliothek das Werk, betitelt: »Allgemeine Encyklopädie der Künste und Wissenschaften«, von Ersch und Grueber, als sein Eigenthum erhalten.

Urkund dessen meine eigene Schrift und Unterschrift, wovon die gleichlautenden Exemplare von diesem Testament das eine in Händen meines Freundes Parkfrieder, das andere bei Gericht deponirt sich befindet.

Verona, am 2. November 1855.

(L. S.)   **Josef Graf Radetzky** m. p.,
Feldmarschall.

————————

Nachtrag respective Anhang

zu meinem Testamente de dato Verona am 2. November 1855.

§. 1. Ich habe in meinem Testamente de dato Verona, am 2. November 1855, wovon ein Exemplar beim Landes= Militärgericht zu Verona deponirt erliegt und ein zweites Exemplar sich in den Händen meines Testaments=Executors Herrn Parkfrieder befindet, meinem vormaligen Stallmeister . . . . ein Legat von 800 fl., Achthundert Gulden, nach meinem Tode zahlbar, zugedacht. Da derselbe seither aus meinen Diensten getreten ist und auch sonst meine Gnade verwirkt hat, so soll es von dem vorerwähnten Legate sein gänzliches Abkommen haben und somit . . . . . nichts mehr erhalten.

§. 2. In eben diesem Testament habe ich auch meinem Zuckerbäcker Winker ein Legat von 800 fl. bestimmt. Da sich dieser noch in meinem Dienste befindet und ich mit ihm zufrieden bin, so soll er statt Achthundert jetzt Ein= tausend Gulden, also um 200, Zweihundert, mehr nach meinem Tode erhalten.

§. 3. Ich habe ferner im bemeldeten Testament fest= gesetzt, daß nach meinem Tode das in einem ledernen Beutel vorfindige Geld, und zwar zur Hälfte auf heilige Messen, so in der Domkirche zu Verona zu lesen sind, und die andere Hälfte aber den Armen in Verona ver=

theilt werden solle. Nachdem ich nun seither Verona ver=
lassen und bei meinem Abgehen von dort dessen Arme
hinreichend bedacht habe, so soll es von dieser Bestimmung
gänzlich abkommen, und es sind für heilige Messen, so
in der Domkirche zu Mailand zu lesen sind, Zweihundert
(200) Gulden und für die Armen allda Dreihundert
(300) Gulden, zusammen Fünfhundert (500) Gulden
gegen Erlagsbestätigung dem jeweiligen Erzbischof von
Mailand nach meinem Tode zu obiger Verwendung zu
übergeben.

§. 4. Die in meinem Testamente enthaltene Bestim=
mung, daß mein Sohn Theodor, als Universalerbe meines
Mobiliar=Vermögens, sämmtliche Legate und Leichenkosten
zu berichtigen habe, modificire ich dahin, daß dieser mein
Sohn die eben genannten Unkosten nur dann aus dem
ihm zugedachten Mobiliar=Nachlasse zu berichtigen gehalten
sei, falls das nach meinem Tode vorhandene baare Geld
dazu nicht hinreichen sollte.

§. 5. Es bleibt daher meinem Sohne Theodor der
erwähnte Mobiliar=Nachlaß, unbeschadet jedoch aller jener
Verfügungen, welche ich in Bezug vieler meiner einzelnen
Besitz=Gegenstände in meinem mehrerwähnten Testamente
sonstig getroffen habe, ausschließlich als Voraus=Vermächt=
niß bestimmt.

§. 6. Zu dem sonst noch vorhandenen baaren Ver=
mögen berufe ich diesen meinen Sohn Theodor und meine
Tochter Friederike Gräfin Wenkheim, dann meine Enkel,
den pensionirten Oberstlieutenant Emrich von Horváth und
die verwitwete Gräfin Rosalia Strasoldo, geborne von
Horváth, mit dem Beifügen zu Erben, daß die letzteren

Beiden nur den Pflichttheil anzusprechen befugt sein sollen, weil ich für sie schon früher anderweitig gesorgt habe.

§. 7. Da der Herr Generalmajor von Staeger auf meinen Wunsch sich der Mühe unterzogen hat, meinen gegenwärtigen Haushalt zu verwalten und damit durchaus nur nach meinem ausdrücklichen Willen und Befehl gebahrt, so entbinde ich diesen Herrn Generalen hiermit für mich und meine Erben diesfalls von jedweder Rechnungslegung und halte seine diesfälligen Rechnungen im Vorhinein für liquid, indem ich ihm schon hier und jetzt von ganzem Herzen für seine Müheverwaltung danke; und ich versehe mich zu meinen genannten Erben, daß sie diesen meinen Wunsch und Befehl genau befolgen und sich insbesondere durchaus in außergerichtlichem Wege mit Intervenirung meines Testaments=Executors vereinigen werden, sowie sie auch etwa unter ihnen selbst entspringende Differenzen im außergerichtlichen Wege freundschaftlich und im liebenden Andenken an mich austragen werden.

§. 8. Da ich nicht mehr gesonnen bin, meine zwei gleichlautenden Testamente zu eröffnen und die hier fest= gesetzten Veränderungen respective Bestimmungen beizufügen, so erkläre ich hier, daß alle übrigen Punkte in meinem Testamente aufrecht erhalten bleiben müssen, worüber mein Testaments=Executor Herr Parkfrieder zu wachen hat. Von den hier genannten Verfügungen, wovon zwei gleich= lautende Exemplare und mit drei Zeugen jedes gefertigt werden, soll das eine in Händen des Herrn Generalmajors von Staeger verbleiben, das andere aber durch denselben an Herrn Parkfrieder zu seiner Aufbewahrung ungesäumt zugesandt werden.

Dieses ist mein ausdrücklicher Wunsch und Wille, womit ich mich hier im Beisein der ersuchten Zeugen mit meinem Namen unterfertige und mein Insiegel beidrücke.

Mailand, Villa reale, am 26. December 1857.

In meiner Gegenwart:

(L.S.) **Adolf Ritter v. Straub,**
k. k. Regierungsrath
und Polizei = Director,
als erbetener Zeuge.

Radetzky m. p.,
Feldmarschall.

(L.S.) **Josef Ritter v. Wurzian,**
k. k. Ober=Stabsarzt,
als Zeuge.

(L.S.) **Alexander v. Karst,**
Oberst,
als erbetener Zeuge.